Marten Zabel
Jon Danger und das Mechanische Mausoleum
Jon Danger, Band 6

Marten Zabel

Jon Danger und das Mechanische Mausoleum

Abenteuerroman

Bibliografische Information der Deutschen Nationalbibliothek: Die Deutsche Nationalbibliothek verzeichnet diese Publikation in der Deutschen Nationalbibliografie; detaillierte bibliografische Daten sind im Internet über http://dnb.dnb.de abrufbar.

Weitere Informationen unter jondanger.com

Verlag: BoD · Books on Demand GmbH, In de Tarpen 42, 22848 Norderstedt, bod@bod.de

Druck: Libri Plureos GmbH, Friedensallee 273, 22763 Hamburg

ISBN: 978-3-7693-9906-6

Die Stadt Wien empfing Doktor Jonathan Daniel Danger mit einer Mischung aus Regen und Chaos in den Straßen. Eine Demonstration zog durch die Straßen um den Hauptbahnhof der alten Stadt und die Gruppe, eben aus Monte Carlo angereist, war mittendrin. Jon hatte die Männer bemerkt, die am Bahnhof auf sie – oder die Gruppe ihrer Kameraden aus dem Zug – gewartet hatten.

Die sechs Reisenden waren auffällig: Zwei schöne Frauen in teuren und für die Innenstadt etwas zu glamourösen Kleidern. Ein Brite und ein Kanadier, letzterer mit ledernem Hut. Ein schmächtiger, nervöser und blasser Mann mit Nickelbrille. Und dann noch ein Inder mit großem Turban. Trotzdem waren die sechs Reisenden in der Menschenmenge untergetaucht und hatten es mit ihren Koffern ungesehen auf die Straße geschafft. Es wurde schon dunkel und das schlechte Wetter tat sein Übriges.

Samuel Moses Ziffer hatte eine Arzttasche mit Uhrmacherwerkzeug sowie einen kleinen Koffer mit wenigen Habseligkeiten dabei. Der schmächtige Schweizer schien selbst mit dieser kleinen Last große Mühe zu haben. Um seine Gesundheit stand es tatsächlich nicht gut. Philip Wentworth-Ganterbury hatte einen ledernen Reisekoffer und trug dazu auch noch den noch eine Nummer größeren von Anastasia Oikonomou. Jon hatte den Koffer von deren Tochter Elena an sich genommen und hatte zudem seinen Rucksack auf dem Rücken. Der Bühnenmagier Sulakshna hatte ebenfalls zwei Koffer dabei, von denen einer voll mit Bühnenrequisiten sein musste.

Sie waren gerade dabei, all dies auf eine Droschke zu laden, als Phil die zweite Gruppe bemerkte, die sich ihnen näherte. Er tippte Jon an, der ihn im strömenden Regen ansah, dann seinem Blick folgte. Die Männer waren zu fünft, wettergegerbt, mit blondem Haar, das unter ihren Hüten hervorlugte. An ihrer Kleidung sah man, dass sie ebenso wenig hierher gehörten, wie Jon und die Gruppe um ihn herum: Braune Mäntel, Khakihosen, grobe Lederstiefel. Sie trugen keine sichtbaren Waffen, bewegten sich aber mit dem Selbstverständnis von Männern, die bei Bedarf töten könnten und würden. „Scheiße", entfuhr es Jon, als er den Anführer der Männer erkannte.

„So sieht man sich wieder, Doktor Danger", sagte der Mann an der Spitze der Gruppe, als sich diese auf zehn Schritt genähert und dann bedrohlich nebeneinander aufgebaut hatte.

„Henk. Ich dachte, Leigh hätte Ihnen die tödliche Kugel verpasst, die Sie verdient haben."

„Und ich dachte, dieses Mal erwische ich nicht nur Ihren Fuß."

Der Mann ließ das Faustmesser aus seinem Ärmel in seine Hand gleiten und nahm es in die Hand. Phil zückte neben Jon seine schwere Lancaster-Pistole, Jon tat es ihm gleich und zückte die Automatikpistole, die er von dem Mann im Zug erbeutet hatte. Er hörte schräg hinter sich ein Klicken, als auch Anastasia den Hahn ihres Derringers spannte.

„Henk, ja? Ich habe von Ihnen gehört", sagte Phil neben Jon. „Sie bringen ein Messer zu einer Schießerei. Nicht sehr klug, wenn Sie mich fragen. Gehen Sie zurück in den Busch, aus dem Sie gekommen sind. Hier in der Zivilisation haben Sie nichts zu suchen."

„Schießen Sie nur, schauen Sie, wie schnell die hiesige Polizei ist. Oder ob unsere Freunde vielleicht noch schneller sind."

Jon blickte sich im Regen um, realisierte, dass ihre Droschke auf einem Abstand von dreißig Schritt umzingelt war. Es waren keine Buren, die da standen, sondern Einheimische in braunen Uniformen, die nicht zur lokalen Polizei gehörten. Eine politische Gruppe? Verbündete der Ritter des Goldenen Zirkels? Hier in Wien? Sie trugen Stangen und Pflastersteine. Es waren viele.

Jon hob seine Pistole und feuerte in die Luft. Der Schuss krachte über das Rauschen des Regens hinweg. Die Männer der Truppe, die sie umzingelt hatten, zögerten. Henk blickte etwas verwirrt. Dann war eine Trillerpfeife zu hören. Mehrere Trillerpfeifen antworteten aus verschiedenen Richtungen. Die Gruppe, die Jon und seine Freunde umzingelt hatte, geriet in Panik. „Polizei", hörte man von irgendwoher.

Jon richtete seine Waffe wieder auf Henk und seine Männer. „Wir werden jetzt diese Kutsche besteigen und losfahren. Einen Schritt näher und dieses Mal ist die Kugel tödlich, das verspreche ich", drohte er.

Die Droschke kam nicht besonders weit: Auf dem Weg zu dem luxuriösen Hotel, das bezeichnenderweise sowohl Anastasia als auch Phil reserviert hatten, geriet das Fahrzeug in eine Demonstration von Arbeitern. Die waren trotz des schlechten Wetters auf die Straße gekommen. Jons Deutsch war nicht gut genug, um die gerufenen Parolen und gesungenen Lieder zu verstehen aber die Schilder sagten ihm, dass es um Revolution ging. Ziffer sprach kurz mit dem Fahrer auf dem Kutschbock und berichtete dann im Inneren der Droschke: „Er sagt, wir sollen versuchen, zu Fuß durchzukommen."

Sie stiegen von der Kutsche, luden ihr Gepäck ab, und drängelten sich in die Menschenmenge, quer durch die

Demonstration hindurch. Zwischen den einfach gekleideten Arbeitern fielen sie auf, wie bunte Hunde. Anastasia und Elena hatten Regenschirme aufgespannt, mit denen sie gegen die Schilder der Demonstranten stießen. Schließlich hatten sie es geschafft und waren auf einer halbwegs freien Straße. Fünfhundert Meter weiter lag ihr Hotel.

Nach den Formalitäten am Empfang nahmen sich die Reisenden eine halbe Stunde, um aus den nassen Klamotten herauszukommen und sich frischzumachen. Dann trafen sie sich im Hotelrestaurant, wo Phil einen Tisch in einem Séparée reserviert hatte. Es war inzwischen acht Uhr abends.

Der kleine Raum war holzvertäfelt und mit Gaslampen in ein warmes Schummerlicht gehüllt. Der runde Tisch bot gerade genug platz für die sechs. An den Wänden hingen Landschaftsmalereien, zumeist romantische Szenerien mit Bergen und Burgruinen. Es gab das lokale Wiener Schnitzel mit Bratkartoffeln und Phil hatte einen ziemlich guten Rotwein auftragen lassen.

„Wir können nicht sicher sein, dass Henk und seine Männer uns nicht gefolgt sind", sagte Jon zur versammelten Runde.

„Das heißt, wenn wir weiter zum Mausoleum wollen, müssen wir sie abschütteln", sagte Phil.

„Bei diesen Kerlen wäre ich mir nicht sicher, ob sie uns nicht sogar hier im Hotel angreifen", meinte Jon. „Denk dran, was in Monaco los war."

„Was war in Monaco los?", fragte Elena.

„Nachdem ihr...", begann Jon, zögerte kurz, setzte dann fort: „Nachdem ihr weg wart, gab es im Hotel eine Schießerei."

„Chinesische Gangster und amerikanische Geheimagenten", erläuterte Phil.

„Und englische Dandys", fügte Jon mit Blick auf seinen Freund hinzu.

„Was ich? Ich habe nur ein wenig Sperrfeuer gegeben, um zu dir vorstoßen zu können. Hatte ja keine Ahnung, in was für einem Zustand du bist."

„Wir sollten also schnell weiter", sagte Samuel Ziffer und hustete dann. Jon entging nicht, dass sein Taschentuch blutige Flecken hatte.

„Wir brauchen ein Fahrzeug und eine Straßenkarte", sagte Jon.

„Eine Straßenkarte habe ich", meldete sich Ziffer zu Wort. Er hatte seinen kleinen Koffer mitgebracht und kramte auf seinem Schoß darin herum. „Hier." ein Buch mit der Aufschrift „Autoatlas von Österreich, Jahrgang 1922" kam zum Vorschein. „Ich habe das Mausoleum bereits markiert, sehen Sie?"

„Gut", meinte Jon. „Dann brauchen wir nur noch einen Weg dort hin zu kommen. Phil?"

„Ich kann beim Concierge anfragen, ob er ein Automobil zur Miete oder zum Kauf beschaffen kann. Das dürfte aber bis morgen dauern. Und ich glaube, wir können alle eine Nacht in einem richtigen Bett vertragen."

„Richtig, aber wir sollten auf der Hut sein. Ein paar ziemlich üble Typen wollen uns ans Leder – und an den Schlüssel. Miss Oikonomou, haben Sie ihn noch?"

Anastasia tätschelte ihre Brust – sie trug den großen Schlüssel inzwischen an einer Kette um ihren Hals und hatte ihn zwischen ihrem üppigen Busen platziert, sodass er durch ihre Bluse nicht auffiel.

Der große Sulakshna stand plötzlich auf und breitete seine Arme wie Schwingen über der Gruppe aus. „Erlauben Sie mir, einen Segen auf unsere Unternehmung auszusprechen. Damit alles gut geht und wir bei unserem Kontakt mit dem Reich der Toten keine ungebetenen Gäste anlocken. Nicht im Diesseits, nicht aus dem Jenseits." Der Bühnenmagier begann einen Singsang, den Jon zunächst für Sanskrit hielt, von dem er aber kein Wort verstand. Phil blickte etwas irritiert, Elena wirkte gelangweilt, Anastasia tatsächlich ergriffen. Ziffer hatte die Augen geschlossen und murmelte tonlos ein Gebet auf Hebräisch. Jon schloss die Augen und dachte an das Vater Unser. Das hatte er zuletzt 1917 im Schützengraben gemacht.

Phil klärte die Sache mit dem Fahrzeug in der Lobby. Dann teilten sie sich ein: Jon würde die erste Wache übernehmen und im Flur aufpassen, auf dem ihre Zimmer lagen. Danach sollten Phil, Sulakshna und Anastasia Schichten übernehmen. Jon traute den beiden Frauen und entsprechend auch dem von ihnen angeheuerten Inder nicht. Er und Phil würden heimliche Extraschichten einlegen müssen, um die Wächter zu bewachen. Ziffer bot sich an, aber es schien klar, dass der Mann lieber ausruhen sollte.

Jon saß müde auf dem Stuhl im mit schwerem Teppich ausgelegten und von elektrischem Licht erleuchteten, getäfelten Hotelflur, als er Schritte im Treppenhaus hörte. Es waren mehrere Männer, das konnte er hören. Seine Hand fuhr in seine Jacke, an den Griff der Automatikpistole, dann öffnete er die Tür ins Treppenhaus. Drei Mann waren einen Treppenabsatz tiefer stehengeblieben. Einer davon war Henk selbst. Jon zückte die Pistole und richtete sie auf die Gruppe. Sie war keine zehn Meter entfernt.

Die Männer machten auf dem Absatz kehrt, rannten die Treppe herunter. Jon ließ eine Münze aus seiner Tasche fallen und folgte ihnen. Das Trio floh am Erdgeschoss vorbei in den Keller des Gebäudes. Jon rannte durch eine Tür in einen gekachelten, schlecht beleuchteten Gang hinein – und bekam einen Schlag in den Magen, der ihm sämtliche Luft aus den Lungen presste. Seine Waffe klapperte zu Boden, verschwand irgendwo den gekachelten Flur herunter. Sein Angreifer, der hinter dem Durchgang der Tür gelauert hatte, schlug erneut zu, Jon sackte auf die Knie.

Henk und die beiden Männer, die mit ihm geflohen waren, traten hinter einem großen Korb voll Wäsche hervor. „Doktor Danger, was wollen Sie denn um diese Zeit hier unten im Keller?" Hohn und eine Spur von Wahnsinn waren in der Stimme des Buren zu hören. „Wollen Sie die Wäsche machen? Das überlassen Sie mal lieber den Frauen, die Sie dabei haben. Ich glaube, ich werde mir eine davon nehmen. Oder beide."

Jon strauchelte ein Stück von dem vierten Mann weg, drückte sich an der Wand hoch und kam wieder auf die Beine. Henk hatte sein Faustmesser in der Hand und schritt, dicht gefolgt von seinen beiden Lakaien, auf ihn zu.

„Ich hab Sie gewarnt, Danger. Dieses Mal kriegen Sie mein Messer nicht nur durch den Fuß."

„Und Sie am Ende die Kugel, die Sie verdient haben", presste Jon raus. Henk machte einen Satz auf ihn zu, mit dem Faustmesser zum Stoß ausholend. Jon duckte sich, rammte Henk die Schulter in den Leib und zog gleichzeitig sein eigenes Taschenmesser aus dem rechten Stiefel. Beide Männer schepperten in einen metallenen Korb voller Bettwäsche. Henk ritze Jon mit dem Faustmesser über den Rücken, dieser schlug mit dem noch eingeklappten Messer hart in den Unterleib des Buren.

Jon drückte sich vom röchelnden und für den Moment kampfunfähigen Henk hoch und stand drei weiteren Gegnern gegenüber. Eine Bewegung im unteren Augenwinkel. Er trat Henk noch einmal in die Flanke, um sich einige weitere Momente Luft zu verschaffen. Der Mann neben der Tür hatte einen Schlagstock gezückt, einer der anderen war mit einem Buschmesser bewaffnet, der dritte Mann hatte zwei Schlagringe an den Händen. Jon öffnete sein Klappmesser und ließ es in einen nach unten gerichteten Griff gleiten, mit dem er von unten schneiden und von oben stechen konnte.

Er machte einen Schritt zurück, riss den metallenen Wäschekorb um, auf den benommenen Henk und als Barriere zwischen seine Angreifer und sich selbst. Dann nahm er eines der Laken und wickelte es in Windeseile um seinen linken Unterarm. Der erste der drei Männer kam um den Wäschekorb herum, es war der Mann mit dem Buschmesser. Ein Schwung von oben nach unten, zu nah, um auszuweichen – Jon riss seinen Arm hoch und spürte den schweren Schlag, abgefangen von mehreren Lagen Stoff aber immer noch hart genug, als dass es ihm fast den Unterarm gebrochen hätte.

Sein Arm dröhnte vor Schmerz aber Jon ignorierte diesen, schnitt mit dem Messer nach dem ausgestreckten Arm seines Angreifers, schlitzte durch Haut und Muskeln. Der Mann schrie auf, die Machete klapperte auf den Kachelboden und der Angreifer strauchelte Geduckt davon, mit der linken Hand verzweifelt versuchend, das Blut zu stoppen, das aus seinem rechten Unterarm quoll.

Der nächste Mann hatte kurz gezögert, griff nun aber mit seinen beiden Schlagringen an. Jon stolperte zwei Schritte zurück, tiefer in die Waschküche, die von dem Gang abging. Der Mann wusste offenbar um den Reichweitennachteil seiner Waffen und ging agressiv in den Angriff, ohne Rücksicht auf Verluste. Jon wich weiter zurück, ein Schwinger mit Schlagring erwischte ihn an der linken Schulter, den anderen konnte er mit seinem tauben Arm ablenken, sodass er ihm nur das Ohr striff. Er schnitt mit dem Messer nach dem Gegner, dieser wich aus. Jon ließ das Messer von oben wieder herabfahren, es stecke plötzlich im linken Oberarm des Angreifers.

Der Mann schrie auf, strauchelte davon. Jon entglitt der Griff des Messers, das fest im Muskel des Fliehenden steckte. Der dritte Mann gab ihm keine Zeit, durchzuatmen und ging mit dem Schlagstock auf ihn los. Jon wich weiter in die halbdunkle Waschküche zurück, griff einen Eimer, schleuderte ihn auf den Gegner. Der wurde nass und begann augenblicklich zu schreien – dem Geruch nach war es Lauge gewesen, die Jon auf ihn geschüttet hatte. Der Schlagstock klapperte zu Boden, der Mann taumelte blind umher.

Jon ging zwei Schritte auf den Mann zu, packte ihn beim Schlafittchen und zerrte ihn zu einem großen Waschbecken. Er drückte den Kopf des ziellos um sich schlagenden Mannes unter den Hahn, drehte das Wasser auf, brüllte ihm ins Ohr: „Abspülen! Mehrere Minuten lang, wenn Sie Ihres Lebens noch froh werden wollen."

Der Mann schien zu begreifen, hörte auf, sich zu wehren. Jon blickte sich um. Die beiden anderen Verletzten waren geflohen. Aber Henk stand inzwischen wieder, mit dem Faustmesser in der Hand. Er stützte sich an den Türrahmen.

Jons Hand griff nach einem Waschblech, dem einzigen Gegenstand in Reichweite. Henk, ziemlich mitgenommen, schüttelte den Kopf und zog sich durch den Türrahmen zurück.

Philip Wentworth-Ganterbury hatte sich von seinem Reisewecker zu seiner Wachschicht wecken lassen und den Stuhl im Hotelflur leer vorgefunden. Im Treppenhaus war nichts zu sehen gewesen, bis ihm eine Münze auf dem Boden aufgefallen war: Ein kupferner Penny. Es konnte Zufall sein aber die ausländische Münze war hier in Wien unwahrscheinlich. Es war eine Botschaft von Jon.

Um die anderen nicht unbewacht zurückzulassen, hatte Phil schnell Ziffer geweckt und ihm aufgetragen, ein paar Minuten Wache zu halten. Dann war er mit gezückter Pistole die Treppe heruntergegangen. Penny. Das war der Name von Jons erster Flamme gewesen, noch bevor Phil und er sich in Arkham kennengelernt hatten. Das Mädchen war aus Jons Leben verschwunden, als dieser in Europa gekämpft hatte. Dann hatten sie sie wiedergetroffen, als Tänzerin in einem Speakeasy in New York. Das hatte Jon am Ende dazu gebracht, Phil die Geschichte zu erzählen. Und nun sollte dieser Penny ihn nach unten führen, so wie auch das Speakeasy in einem Keller versteckt gewesen war.

Jonathan Daniel Danger fand die Pistole zwischen Blutspritzern und allgemeinem Chaos im Flur der Hotelwaschküche. Er ließ den Mann mit der Laugenverätzung im Keller zurück und hoffte, dass Henk und seine Kumpanen erst einmal damit beschäftigt waren, ihre Wunden zu lecken. Der Kanadier schleppte sich ins Treppenhaus, wo ihm Phil entgegenkam. „Jon, was ist passiert? Ich hab' deine Botschaft gefunden. Penny. Clever. New York. Meine Güte, du blutest. Geht's dir gut?"

Jon drehte Phil direkt um und führte ihn die Treppe hinauf. „Ich hab' einen Schnitt auf dem Rücken, den wir mit Jod versorgen sollten. Und dann erzähle ich dir, was passiert ist. Heute Nacht haben wir glaube ich erst einmal Ruhe."

Doktor Jonathan Daniel Danger steuerte einen Wagen über eine holprige Landstraße irgendwo in Österreich. Der Renault war pünktlich um 10:00 Uhr zum Hotel gebracht worden, wo Phil die Zündschlüssel und eine kurze Einweisung in die Funktionen des Automobils in Empfang genommen hatte. Seitdem wechselten sich der Brite und der Kanadier mit dem Fahren ab – weder die beiden Frauen noch Sulakshna oder Ziffer hatten je ein Auto gelenkt.

Es würde dämmern, bis sie den abgelegenen Friedhof erreichten, auf dem Alois Aigner und seine beiden Töchter in einem eigenem und ziemlich großem Mausoleum bestattet lagen. Zum Mittag – Phil hatte in Ziffers Autoatlas eine Apotheke gefunden, die auch Benzin verkaufte, aßen sie eine Brotzeit in einem Wirtshaus am Rande eines Dorfs.

„Eines müssen Sie uns vielleicht verraten, bevor wir unser Ziel erreichen, Miss Oikonomou", forschte Phil nach, „warum genau wollen Sie Aigners Grab schänden? Was hat der Mann Ihnen angetan? Hat er Ihre Eltern umbringen lassen oder so etwas? Er ist seit zwanzig Jahren tot, Sie müssen selber noch ein Kind gewesen sein."

„Ich war noch ein halbes Kind", korrigierte ihn Anastasia. „Als ich ihn das erste Mal traf, nannte er mich seine Muse, sagte mir, er müsse mich haben, mich mitnehmen in die weite Welt. Das war 1899 – ich war gerade einmal 15 Jahre alt. Mein Vater unterhielt Geschäftsbeziehungen nach Österreich-Ungarn und Aigner war eine davon. Er war älter als mein Vater aber die Welt, die er mir zeigen konnte, lockte mich. Und er konnte die Schulden meines Vaters erlassen. Das tat er auch, aber im Gegenzug wurde ich offiziell sein Mündel. Er nahm mich mit, ich lebte in teuren Villen in Genf, nahe Paris, bei Graz, in Sardinien."

„Ich lebte zwischen seinen Töchtern beide in meinem alter, lebte wie seine Tochter. Außer, dass ich nachts sein Bett teilen musste. Fünf Jahre lang. Er wurde älter, kranker, seine Töchter ebenfalls. Schwindsucht, die ganze Sippe. Er wusste, er würde sterben, wusste, seine Töchter würden es ebenfalls tun. Ärzte konnten ihm nicht helfen. Er hoffte auf die Wunder der Technik, ließ das Mausoleum planen und errichten. Mir passte es, ich sah ihn weniger. Aber am Ende war er immer noch ein widerlicher alter Mann, der ein junges Mädchen benutzt hat. Ich habe meine Jugendjahre an ihn verloren.“

Jon hatte Elena beobachtet. Sie kannte die Geschichte ihrer Mutter offenbar, hatte sie schon öfters gehört, verzog kaum eine Miene. Um Aigners Tochter zu sein, war sie ein wenig zu jung.

Anastasia fuhr fort: „Ich habe mir geschworen, dass der Rubin, den ihm seine Mutter vererbt hat, mir gehört. Er hat ihm mir damals versprochen, bei unserem ersten Treffen. Und dann hat er ihn mit ins Grab genommen. Ich will den Stein, ich will auf seinen Schädel spucken und ich will ihm alles heimzahlen, auch wenn er schon tot ist.“

„Was ist mit den Gräbern seiner Töchter?“, fragte Jon, der wusste, dass das Mausoleum in drei Grabkammern unterteilt war.

„Karla und Antonia? Ich habe gegen keine der beiden etwas. Sie waren das nächste, was es in meiner Jugend als Freundinnen gegeben hat.“

„Wenn Sie auf Schädel spucken wollen, tun Sie das. Und an dem Rubin sind wir ohnehin nicht interessiert“, sagte Phil. „Das Tagebuch ist das, wofür wir hier sind.“

„Und mögliche antedeluvische Artefakte", fügte Jon hinzu. „Aigner hat in den 1870ern mehrere Expeditionen finanziert, auf denen er teilweise auch selber mitgereist ist."

„Ja", meinte Anastasia, „das war, nachdem er sein Vermögen bereits gemacht hatte. Als junger Mann muss er eine Art Idealist gewesen sein. Den letzten Funken davon hat er gut nutzen können, um zu beeindrucken. Viel war davon aber am Ende nicht mehr übrig."

Sie fuhren weiter, das Auto mit sechs Menschen plus Gepäck voll beladen. Bei Einbruch der Dunkelheit erreichten sie den Friedhof. Das nächste Dorf war knappe zwei Kilometer entfernt. Das Grabfeld lag eingezäunt an einem Feldweg und wurde von einer kleinen Kapelle und dem deutlich größeren Schatten ihres Ziels dominiert, dem Mechanischen Mausoleum des Alois Aigner.

Das Gebäude war gebaut wie eine Kirche mit Kuppel. Es stand auf einer Anhöhe und überblickte den sonst typisch-mitteleuropäischen Friedhof wie ein altertümlicher Sakralbau. Ein Zentralgebäude mit Kuppel, ein hohes Eingangstor mit einer metallverstärkten Tür aus Eichenholz, welche für Riesen konstruiert zu sein schien und mit einem Gitter zusätzlich verschlossen war. An den Zentralbau schlossen an drei Seiten Anbauten mit Halbkuppeln an. Schmale, vergitterte Buntglasfenster lagen hoch oben wie Schießscharten. Das Ganze war aus großen grauen Marmorblöcken gemauert und wirkte auf Jon, als könne es Jahrtausende überdauern.

Sie umschritten das Gebäude im letzten Dämmerlicht des Tages. Es war ein beeindruckender Bau, vor allem für ein Grabmal im 20. Jahrhundert. Die Tür alleine musste ein Vermögen gekostet haben, war sie über und über mit Schnitzereien aus der griechischen Mythologie verziert –

selbst die verstärkenden Eisenbänder waren mit Gravuren bestückt. Das Gittertor war mit einem Vorhängeschloss versiegelt, die Tür dahinter hatte ein eigenes Schloss.

Anastasia griff in ihre Handtasche, holte etwas hervor, das Jon als Dietrich identifizierte und öffnete das Vorhängeschloss innerhalb weniger Augenblicke. Dann holte sie den großen Schlüssel aus ihrer Bluse, blickte einmal feierlich in die Runde, schob ihn in das Schloss der großen Holztür. Die sechs Bärte des Schlüssels passten offenbar: Das Schloss ließ sich mit einem Klicken entriegeln und gemeinsam schoben Jon, Phil und Sulakshna die schwere Tür nach innen auf.

Phil knipste eine mitgebrachte Taschenlampe an, Sulakshna hatte eine Spirituslampe mitgebracht und entzündete den Glühstrumpf nach einigem Pumpen am Tank. Das helle Licht der Laterne erhellte den Raum. Der wirkte, passend zum Äußeren, wie das Innere einer spätmittelalterlichen Kirche: Der Hauptraum des Mausoleums hatte einen Durchmesser von zwölf Metern, die Decken waren mindestens acht Meter hoch und im oberen Viertel von den schießschartenhaften Fenstern durchzogen.

Sie befanden sich unter der Hauptkuppel, die dunkelblau angemalt und mit goldenen Sternkonstellationen verziert war. Hinter ihnen dominierte die riesige Eingangstür die Wand, vorne sowie rechts und links befanden sich die Grabkammern. Diese waren mit fingerdickem Glas verschlossen, das in gülden schimmerndes Bronzefachwerk eingelassenem war. Vor jeder dir drei Grabkammern befand sich jeweils ein kleiner Altar. Hinter dem Glas lagen die eigentlichen Gräber – und, wie Jon realisierte, der Grund für den Namen des Mechanischen Mausoleums.

Das linke Grab war der Inschrift auf dem Altar nach das von Karla Aigner, geboren 14. Februar 1880, gestorben am 13. Mai 1902. Es beinhaltete, hinter trübem Glas schwer zu erkennen, eine astronomische Uhr. Meterhoch waren hinter dem oberen Teil des Fensters Kreise und vergoldete Himmelskörper zu sehen. Darunter Zahnräder, Uhrwerk in unglaublicher Komplexität und schließlich ein aufrecht stehender, gläserner Sarg. Jon trat näher und glaubte, hinter dem staubigen Glas Haare und die Augenlöcher eines Schädels zu erahnen.

Das rechte Grab war die Ruhestätte von Antonia Aigner, geboren am 24. März 1882, gestorben am 13. Juni 1904. Es beinhaltete ebenfalls eine Maschinerie aus vergoldetem Uhrwerk. Jon sah auch Glühlampen und ein altes Grammophon mit Wechselsystem für Zylinder aus Hartwachs, das in die Konstruktion eingebettet war. Auch mehrere Musikinstrumente waren Teil des Ensembles um den ebenfalls gläsernen Sarg herum. Auch hier konnte Jon ein Skelett erkennen.

Das zentrale Grab war größer als das der Töchter. Alois Aigner, geboren am 13. Juli 1830, gestorben am 14. Juni 1904, hatte sich selbst das größte Denkmal geschaffen. Bis zur acht Meter hohen Decke war die Kammer hinter dem schweren Glas mit Zahnrädern und Mechanismen gefüllt. Aigners vermutlich mumifizierter Leichnam, eine hässliche Mumie, befand sich im zentralen Glassarg. Zur linken des Sargs befand sich ein Klavier, zur Rechten hing eine etwa einen Meter durchmessende Steinkugel an einer Kette von der Decke herunter.

Samuel Ziffer war zunächst ziellos hin- und hergelaufen, nun betrachtete er unter immer wieder hervorbrechenden

Seufzern der Faszination die drei großen Uhrwerke hinter ihrem Panzerglas. „Ich... Es ist so viel größer und fantastischer, als ich erwartet hatte...“

„Sollen wir das Glas aufbrechen?“, frage Phil.

„Nein!“, rief Anastasia überraschend heftig. Ihre Stimme hallte in dem steinernen Raum. „Wenn wir nicht so vorgehen, wie Alois es geplant hat, dann zünden Brandbomben und das ganze Gebäude geht samt Inhalt in Flammen auf.“

„Der Mechanismus“, sagte Ziffer, „er braucht mechanische Energie. Hier!“ Er hatte eine Kurbel entdeckt, rechts zwischen den Grabkammern von Alois und Antonia Aigner. Jon und Phil sahen sich kurz an. Dann drehten sie gemeinsam an dem Kurbelrad. „Machen Sie weiter, er bewegt sich!“, rief Ziffer aufgeregt, während er den Stein an der Kette im Grab des Alten Aigner beobachtete. Mit jeder Drehung des Rades hob sich das Gewicht wenige Millimeter.

Es dauerte lange, bis Ziffer befand, dass sie genug gekurbelt hatten. Jons und Phils Arme waren schon lahm geworden aber der Stein hing nun zwei Meter über dem Boden. „Und was jetzt?“, fragte Phil.

Da begann es überall um sie herum, in verschiedensten Geschwindigkeiten zu ticken und zu rasseln. Das Mechanische Mausoleum war zum Leben erwacht. Hinter den Glasscheiben gingen Lichter an, welche die Grüfte mit ihren Beigaben und Maschinerien beleuchteten. Golden funkelte es durch das von Spinnweben getrübte Glas. Es ratterte auch von der Tür her. Ein zweites Gitter war heruntergekommen und hatte den Ausgang versperrt. „Nun, dann müssen wir die Rätsel wohl lösen. Was anderes hatten wir eh nicht vor“, sagte Phil, aber der Witz war weitgehend aus seiner Stimme verschwunden.

„Der Schlüssel", sagte Jon. Er hatte in der Mitte des Altars vor dem Grab von Karla ein Loch mit sechs Ritzen darum herum entdeckt.

„Jetzt dürfen wir keine Fehler machen", mahnte Anastasia. „Alois mochte Rätsel. Wir man sehen kann, etwas zu sehr." Sie steckte den Schlüssel in das Loch und drehte ihn. Am Altar neben dem Schlüsselloch öffnete sich eine Klappe. Dahinter befand sich etwas, das Jon an einen Sonnenkalender erinnerte.

Sie drängten sich um die Konsole. „Sternzeichen", stellte Jon fest.

„Karla mochte die Sterne", antwortete Anastasia. „Sternzeichen, Astrologie. Sie legte auch gerne Karten."

Jon griff nach den Rädern des Sonnenkalenders, bewegte eines. Der Rhythmus des Tickens und Rasselns hinter dem Glas von Karlas Gruft änderte sich kurz, lief dann aber wieder im alten Takt weiter. Man konnte sehen, wie sich die astronomische Uhr bewegte und die goldenen Planeten um die lächelnde Sonnenscheibe herum in eine neue Position brachte.

Jon bewegte den Sonnenkalender erneut. Hinter dem Glas rasselte und klackerte es wieder in einem anderen Takt, dann jedoch bewegten sich nicht die Planeten der astronomischen Uhr, sondern ein Teil der Sonnenscheibe in der Mitte: Die untere Hälfte der goldenen Kugel drehte sich um die eigene Achse, der lächelnde Mund verschwand und wurde durch einen wütenden ersetzt, der den Augen darüber gleich eine ganz andere Wirkung verlieh

„Das war offenbar ein Fehler", bemerkte Ziffer, der den Mechanismus aufmerksam bei der Arbeit beobachtet hatte.

„Wenn Sie den Steuermechanismus bewegen, reagiert der Rest der Mechanik erst, wenn er die Eingabe geprüft hat. Daher die Verzögerung. Machen Sie lieber keinen weiteren Fehler, Doktor Danger. Sonst könnten wir...", Ziffer wurde von einem erneuten Hustenanfall gepackt, beruhigte sich wieder, steckte sein blutbeflecktes Taschentuch weg, „sonst könnten wir hier im Feuer enden."

„Hat jemand eine Idee?", fragte Jon die Gruppe. „Anastasia? Du kanntest diese Karla doch. Sulakshna? Irgendwelche Nachrichten aus dem Jenseits?" Der Inder ignorierte Jons ironischen Ton und schüttelte ernst den Kopf.

„Wir müssen die richtige Konstellation einstellen", sagte Elena plötzlich. „Mama, du sagtest doch immer, Karla sei gar nicht an der Schwindsucht, sondern an unglücklicher Liebe gestorben. Was ist damit?"

„Huber", sagte Anastasia nachdenklich. „Er hatte Geburtstag... Es war im Sommer. Ja. '01 auf Capri. Das muss im Juni gewesen sein. Sein Sternzeichen..."

„War dann entweder Zwillinge oder Krebs", warf plötzlich Sulakshna ein.

„Es war Krebs", sagte Anastasia, jetzt überzeugt. „Jon, stell Krebs ein."

Jon blickte die anderen kurz an, drehte dann die Scheibe mit den Tierkreiszeichen so, dass der Krebs in einem goldenen Rahmen lag. Der Mechanismus rasselte anders, dachte scheinbar kurz nach, dann drehte sich die Astronomische Uhr in eine neue Position. Außerdem setzte die Sonne nach einer halben Umdrehung ihrer Unterseite wieder ein lächelndes Gesicht auf.

„Was hatten Sie zuerst gedreht, Doktor Danger?", fragte Ziffer.

„Das hier. Ich glaube, das soll die Venus sein."

„Das war offenbar richtig. Fehlt also nur noch das Rad mit dem Symbol für Mars."

„Die Venus steht hier aufsteigend. Für die Liebe?"

„Alois hat Huber gehasst", sagte Anastasia. „Er war der Grund, aus dem Karla die Sache beenden musste. Der Kriegsgott wäre hier ebenfalls aufsteigend."

Jon drehte am Mars-Rad und brachte ihn zu dem Symbol für Aszendenz. Es rasselte, ratterte, und die Astronomische Uhr bewegte sich wieder in eine neue Position, in der alle acht Planeten in einer Reihe lagen.

Aus Richtung der gegenüberliegenden Grabkammer übertönten mehrere Takte schiefen Geigenspiels das Ticken und Klackern der Mechanismen um sie herum. Auf dem Altar vor der Grabstätte von Antonia Aigner war ebenfalls eine Klappe aufgeschwungen. Die Gruppe ging quer durch den Raum dorthin.

„Warten Sie", rief Ziffer. „Der Stein. Er hat sich schon einen halben Meter gesenkt. Sie müssen ihn noch einmal aufziehen." Dieses Mal half Sulakshna mit. Bei jeder Drehung flackerte das Licht und das Ticken und Rasseln änderte kurz seinen Rhythmus. Sie brachten das Gewicht auf zweieinhalb Meter Höhe, während sich Anastasia und Elena bereits die Konsole von Antonias Gruft ansahen.

Es war ein Feld mit bronzenen Knöpfen, darüber waren Musiknoten notiert. Anastasia drückte eine der Noten, das hohe C, und die Geige hinter dem Glas bewegte ihren Bogen, spielte eine schiefe Version eben dieses Tons. „Elena, kannst du dich an die Noten zu 'Für Elise' erinnern?"

„Ja Mama", Elena zögerte nicht lange, stellte sich vor die Konsole und drückte Taste um Taste das berühmte Lied von Beethoven.

„Antonias Lieblingslied", sagte Anastasia. „Kein schweres Rätsel."

„Es wäre unmöglich, wenn wir keine persönliche Freundin der Toten bei uns hätten", antwortete Jon. „In hundert Jahren hätte das hier niemand mehr öffnen können."

Elena hatte die Notenfolge fast vollständig eingegeben, da begannen die Instrumente hinter dem Glas von alleine weiterzuspielen. Ein Cello, eine Geige, eine kleine Orgel, sie alle spielten, von der Zeit verstimmt, das Lied für Elise. Jon hatte schon Musikautomaten in Kneipen gesehen – die waren allerdings nicht zwanzig Jahre lang bei wechselnden Temperaturen ungestimmt geblieben. Die Kakophonie war erschreckend.Die Musik war die eines mechanischen Orchesters, das von Geistern gespielt wurde: Schief, ungenau. Aber dennoch irgendwie erkennbar.

Dann setzten erst die Instrumente und dann ein Großteil des Tickens und Rasselns des Mechanischen Mausoleums aus. Jon und die anderen blickten sich in dem nun fast stillen Raum um. Ein kratzendes Geräusch aus Antonias Gruft – der Phonograph mit seinem Wachszylinder hatte sich mit dem Schalltrichter zum Glas hin gedreht und dann in Gang gesetzt.

Wie die klagende Stimme eines Geistes wehte der Gesang von Antonia Aigner durch den Raum. Sie sang ein trauriges Lied, dessen Worte Jon nicht fassen konnte, nicht fassen wollte. Allen Anwesenden ging ein Schauer durch die Glieder, als sie die Stimme der Toten, ein wenig verrauscht aber doch hell und klar hörten.

Dann rasselte und klackerte das Mausoleum wieder los und sie hörten eine Stimme aus der Gruft von Alois Aigner. Undeutlich, klimpernd und scheppernd: „Wer stört meine ewige Ruhe und hat es so weit gebracht, an meinen Töchtern vorbeizukommen? Wer wagt es, dem Mechanischen Mausoleum des Alois Aigner zu trotzen?" Jons Blick fiel auf Anastasia, die blass und wie versteinert dastand. Es war klar, wem die Stimme aus dem Grab gehören musste.

"Alois?", fragte Anastasia Oikonomou entsetzt, bevor sie ihre kontrollierte Fassung zurückerlangte.

„Warten Sie, Miss Oikonomou. Stimmen aus dem Grab sollte man nicht sofort trauen", riet Sulakshna, hielt sie an der Schulter zurück, als sie gerade auf die Glaswand mit dem Grab des alten Aigner dahinter zugehen wollte. Der Altar davor war nun ebenfalls aufgeklappt und ein rundes Gerät daraus hochgefahren – ein Mikrophon.

Jon trat an die Konsole heran. Im goldenen Glanz hinter der Glaswand der Gruft bewegten sich funkelnd die Zahnräder. Das Klavier bewegte die Tasten, als Aigners Stimme wieder erklang – die Stimme wurde von dem Klavir gebildet: „Wer wagt es, dem Mechanischen Mausoleum des Alois Aigner zu trotzen?"

Jon beugte sich zum Mikrophon vor. Er sprach in seinem etwas rostigen Front-Deutsch: „Mein Name ist Doktor Jonathan Danger von der Miskatonic University in Arkham, Massachussets. Sind Sie Alois Aigner?"

Die Mechanik schnurrte, ratterte, tickte. „Dies ist der Geist von Alois Aigner", antwortete das Klavier etwas undeutlich aber verständlich. „Durch die Wunder der Technologie in einer Maschine vor dem Entfleuchen bewahrt. Doktor Jonathan Danger von der Miska... Was wollen Sie in meinen heiligen Hallen?"

Jon blickte die anderen an, die noch immer in Schreckstarre dastanden. Sulakshna hatte die Augen geschlossen und griff theatralisch nach den Juwel an seinem Turban. Ziffer fummelte nervös mit den Händen, stierte durch das Glas auf den sirrenden Mechanismus dahinter. Elena stand mit weit aufgerissenen Augen da, blickte in Richtung der mumifizierten Leiche in ihrem Glassarg. Phil war reglos, wie Jon ihn noch nie erlebt hatte. Anastasia hatte ein Feuer, das hinter ihren dunklen Augen zu lodern begann.

„Ihr Tagebuch", sagte Jon in das Mikrophon. „Wir wollen Ihr Tagebuch, um Ihre Forschung weiterzuführen. Nach Mu."

Die Maschinerie arbeitete wieder eine Weile. Dann erklang das Klavier wieder in Aigners Stimme: „Mu. Der verlorene Kontinent. Ich habe danach gesucht."

„Ja, das wissen wir", sagte Jon. „Aber wir brauchen Ihr Tagebuch zu Ihrer Forschung nach Mu."

Wieder ratterte es eine Weile. Dann die gleiche Antwort: „Mu. Der verlorene Kontinent. Ich habe danach gesucht."

Anastasia kam nun mit schnellen Schritten zu Jon heran, stieß ihn beiseite und beugte sich über das Mikrophon. „Alois. Weißt du, wer hier spricht?", presste sie zornig heraus. Jon konnte den Glanz von Tränen in ihren Augen sehen.

Die Maschine rasselte. „Wer wagt es, dem Mechanischen Mausoleum des Alois Aigner zu trotzen?"

„Anastasia!", schrie sie ihren Namen in die Maschine. „Das Mädchen, dem du die Jugend genommen hast. Das Mädchen, das seinen Vater auf dem Sterbebett nicht besuchen konnte. Das Mädchen, das dich noch immer hasst."

Wieder benötigte die Maschine eine frustrierende Weile, bis die Antwort kam. „Dies ist der Geist von Alois Aigner. Durch die Wunder der Technologie in einer Maschine vor dem Entfleuchen bewahrt. Anastasia Oikonomou. Die Blume meiner letzten Jahre. Hätte ich gekonnt, so hätte ich dich auf diese letzte Reise mitgenommen."

Dies war offenbar keine Antwort, die Anastasias Gemüt beruhigen konnte. Sie packte das Mikrophon mit den Händen.

„Alois. Ich bin gekommen, dein Grab zu schänden. Ich bin gekommen, um mich zu rächen."

„Es ist ein Trick", sagte Ziffer plötzlich, noch halb in Gedanken versunken. Dann war der kränkliche Uhrmacher ganz da. „Ein Trick, ja. Warten Sie, Miss Oikonomou", er stellte sich vor das Mikrophon. „Mu", sagte er.

Die Maschine rasselte eine Weile. Dann sagte das Klavier erneut: „Mu. Der verlorene Kontinent. Ich habe danach gesucht."

„Sehen Sie? Die Maschine schafft es irgendwie, das gehörte in ein Register umzusetzen und dann festgelegte Antworten zu geben. Es ist nur ein komplexes Uhrwerk!"

Die Maschine ratterte und sirrte. „Dies ist mehr als ein Uhrwerk", sagte das Klavir mit der Stimme des seit zwanzig Jahren toten Alois Aigner.

„Ich spüre etwas", rief plötzlich der große Sulakshna, noch immer eine Hand theatralisch an dem Edelstein auf seinem Turban. Die andere hielt er ausgestreckt in die Höhe, als wolle er einem abhebenden Luftschiff hinterherwinken. „Ja, ich spüre etwas... Jemand, der eben noch nicht hier im Raum war..."

Jon schob Anastasia beiseite, stellte sich wieder an das Mikrophon. „Das Tagebuch. Geben Sie es uns. Öffnen Sie die Kammer! Die Kammer. Öffnen!" Das gesamte Mausoleum sirrte und tickte um sie herum.

Jon sah, dass die Steinkugel nur noch etwas über einen halben Meter über dem Boden hing. Er wollte zur Kurbel gehen aber Ziffer hielt ihn zurück. „Warten Sie! Sie dürfen den Mechanismus nicht bei der delikaten Registerarbeit stören!"

Jon ließ die Hände sinken, die eben noch nach dem Kurbelrad greifen wollten. Dann klimperte das Klavier wieder mit Aigners Stimme, dieses Mal spürbar lebendiger: „Die Wunder der Technik, mit denen dieser Ort geschaffen wurde, gehen über die bloße Mechanik hinaus, Samuel Moses Ziffer. Wussten Sie, dass Edison an einem Gerät gearbeitet hat, um mit dem Totenreich zu kommunizieren, wie es das Telefon mit einem Menschen in der Ferne tu kann? Was, wenn ich Ihnen sage, dass ich diese Technologie gekauft habe? Was, wenn ich Ihnen sage, dass sie hier in diesem Bauwerk mit dem feinsten, was das Schweizer Uhrmacherhandwerk zu bieten hat, in funktionaler Verschmelzung existiert?“

„Ich kann ihn spüren“, flüstere Sulakshna. „Bei Krishna, ich kann ihn spüren, er ist hier.“ Der Bühnenmagier wirkte, als ob er kurz davor wäre, einen Panikanfall zu bekommen, wie Jon ihn von Männern unter schwerem Trommelfeuer im Schützengraben erlebt hatte.

„Aigner“, sagte er in das Mikrophon, „Sie haben eine beeindruckende Maschine als Grab erbauen lassen. Was müssen wir tun, damit Sie uns Ihre Schätze überlassen?“

Die Mechanik des Mausoleums benötigte dieses Mal keine Zeit mehr, um zu antworten. „Ich werde die Pforten meines Grabes für niemanden hier öffnen, Doktor Danger. Für Sie nicht. Für Ihren lächerlichen Freund aus England nicht. Für meine Ex-Muse und ihre befleckte Tochter nicht. Für den Bühnenscharlatan nicht. Und auch nicht für den sterbenden jüdischen Uhrmacher.“

Anastasia war nun wieder am Mikrophon, hatte Jon zur Seite geschoben. „Dann pisse ich auf dein Grab, Alois. Ich zerschmettere das Glas und reiße deine Maschine Zahnrad um Zahnrad und Knochen um Knochen auseinander. Du hast mir einen Juwel versprochen, erinnerst du dich? Den werde ich mir holen. Koste es, was es wolle." Rasend vor Wut schritt sie auf die Wand aus Glas und Bronze zu, suchte nach einer Schwachstelle.

Das Klavier machte ein Geräusch, das sich nach einem Moment als Lachen herausstellte. „Oh meine griechische Furie. Dein Temperament zu zügeln hat mir so viel Freuden bereitet. Aber sei vorsichtig. Die Brandmasse würde dich umbringen. Und die hübsche Elena auch."

Anastasia hielt inne. Blickte auf ihre Tochter. „Mama, wie kann dieses Ding meinen Namen kennen?" Das Mädchen wirkte plötzlich viel jünger und verlorener. „Ich dachte, es wäre nur eine Maschine. Ich dachte, er wäre zwei Jahre vor meiner Geburt gestorben."

Das Klavier klimperte wieder los, in einer Tonlage, die klar höhnisch klang. „Ich sehe alles, was in meiner Halle geschieht. Ich habe den Tod überwunden. Ich bin dieses Mausoleum. Selbst wenn ihr die sterblichen Überreste in diesem Sarg zerstören würdet – ich habe sie schon lange verlassen."

„Mein Rubin", sagte Sulakshna plötzlich. Schweißperlen lagen dem bärtigen Inder im Gesicht. „Ich gebe Ihnen diesen Rubin. Wenn Sie alles sehen, was hier drin geschieht, dann wissen Sie um seine Kräfte. Damit könnten Sie frei sein. Dieses Gebäude verlassen. Wir geben Ihnen den Rubin, wenn Sie uns Ihren Edelstein geben." Ein Blick auf Jon. „Und das Tagebuch für Doktor Danger."

„Scharlatan", klimperte das Klavier wütend. „Ihr seid in meinem Reich. Ich kann mir nehmen, was ich will."

„Wirklich?", fragte Jon, mit einer plötzlichen Ruhe in der Stimme. „Das Gewicht, Aigner. Es ist nur zwei Handbreit über dem Boden. Was genau können Sie nehmen, wenn Ihr Uhrwerk stillsteht?"

„Die Tür ist verschlossen. Ihr kommt hier nicht heraus."

„Ich bin mir sicher, mit genug Zeit und Werkzeug bekommen wir das hin. Wir müssen nicht nach Ihren Regeln spielen, Aigner."

Phil hatte sich vor die Glaswand gestellt und musterte die elektrisch erleuchtete, golden schimmernde Grabkammer dahinter. „Jon, ich glaube, ich kann das Tagebuch sehen. Jon trat zu seinem Freund, während Anastasia eine Reihe griechischer Beleidigungen in das Mikrophon fauchte. „Da drüben, die Vitrine." Die Schatulle sah aus wie ein katholischer Reliquienschrein, hatte goldene Füße und ein spitz zulaufendes, goldenes Dach, mit Edelsteinen verziert. Die Front war aus Glas, darin befanden sich zwei kleine Regale übereinander. Im oberen lagen mehrere offene Schatullen, unter anderem mit Ringen und einem großen Edelstein. Im unteren befand sich eine Reihe kleiner, lederner Bücher. Jon konnte Jahreszahlen darauf ausmachen.

Jon sah sich die hohe Glaswand an. Fachwerk aus schimmernder Bronze, darin dicke Glasscheiben, zwei Hände Breit, einen halben Meter hoch. Außen an den Wänden waren große Zagen angebracht. Die Wand war eine Flügeltür. „Vielleicht können wir sie aufhebeln?", überlegte er.

„Tun Sie das nicht", Ziffer war zu Phil und Jon herangetreten, hustete in sein Taschentuch. „Sehen Sie dort oben und dort unten? Die Drähte sind gewiss Teil des Sicherheitsmechanismus, der die Brandbomben auslöst."

„Die Zeit des Geistes ist knapp", sagte Sulakshna neben ihnen. „Wenn der Mechanismus stillsteht, dann kann er hier nicht wirken."

„Anastasia, du hast nichts von deinem Feuer verloren", spottete das Klavier. „Aber viel mehr scheint von dir nicht übrig zu sein. Aber gut, vielleicht willst du mir ja deine Tochter bringen?"

Ein Schuss krachte, dann noch einer. Zwei der Glaskacheln der Gruft zerbarsten und der gläserne Sarg von Alois Aigner hatte zwei Einschusslöcher erhalten. Erschreckt blickten Jon und Phil, die von den Kugeln nur um einen Meter verfehlt wurden, auf Anastasia. Die hielt ihren perlmuttbesetzten Derringer in der ausgestreckten Hand, Rauch kräuselte sich aus den beiden Läufen der Waffe.

„Du kannst mich nicht erschießen, mein Täubchen. Ich bin schon lange tot", sagte das Klavier mit Aigners Stimme.
„Und dir geht die Zeit aus, Alois", sagte Anastasia. Der Stein war nur noch Zentimeter vom Boden entfernt.
„Dann hast du mich wohl am Ende erwischt", sagte das Klavir. „Lebe wohl, meine Muse. Aber wisse: Du stirbst mit mir."

Es gab ein Zischen. An den Spitzen der Glasfenster aller drei Gruften bildeten sich Funken, die dann auf der Innenseite des Fensterrandes außen an der Mauer entlang herunterliefen. „Lunten!", rief Ziffer. Der schwere Stein traf mit einem Klicken auf den Boden auf. Die Lichter des Mausoleums erloschen, nur die zischenden Lunten, jetzt bereits ein Viertel der Strecke zum Boden heruntergebrannt, warfen ein flackerndes Licht in den dunklen Raum. Ein Klackern vom Eingang verriet ihnen, dass wenigstens das Fallgitter in Begriff war, sich wieder zu heben.

„Wir müssen hier raus", fing sich Sulakshna als erster. „Der Geist ist wieder verschwunden."

„Der Schrein!", rief Jon. „Wir müssen ihn da rausbekommen!"

Ziffer war bereits dabei, mit seinem Werkzeug an der Unterseite der Tür zu werkeln. „Wenn der Mechanismus stillsteht, geht es einfacher", sagte er.

Ein Klicken und dann ließ sich die linke Flügeltür öffnen. Jon trat in die Kammer dahinter, wuchtete den Reliquienschrein mit den Büchern und Schätzen heraus. Phil ging ihm zur Hand. Anastasia drängte an ihnen vorbei. „Da sind Leute draußen!", rief Elena vom Eingang her. „Die haben Waffen!"

Jon stieß einen Fluch aus. „Sulakshna, Sie und..." Er drehte sich um, sah, was Anastasia, über dem Glassarg hockend anstellte, drehte sich schnell wieder weg. „Anastasia, wenn du da fertig bis, hilf Sulakshna mit der Kiste."

Der Bühnenmagier begann, den reich verzierten Vitrinenschrank in Richtung Ausgang zu schleifen. Die Lunten waren zu zwei Dritteln heruntergebrannt. Jon und Phil zückten ihre Waffen und liefen zur Tür.

„Kommen Sie, Ziffer!", rief Jon. Doch der Uhrmacher stand neben dem halb geöffneten Gruftportal und rührte sich nicht.

„Danke für alles!", sagte der kranke Schweizer. „Ich glaube, ich werde mit diesem Wunder untergehen. Ein passendes Ende für einen wie mich."

„Ziffer, so muss es nicht enden", Jon sah den Uhrmacher an. Der schüttelte nur den Kopf.

„Jon", Phil fasste Jon am Arm. „Die Lunten. Wir müssen hier raus."

Jon blickte auf seinen Freund, dann auf Ziffer. „Leben Sie wohl, Samuel."

„Sie auch, Doktor Danger. Danke, dass ich hier dabei sein durfte." Dann wandten sich Phil und Jon sich der Nacht draußen zu.

Elena stand neben der Tür, blickte besorgt in Richtung der Lunten, die sich stetig dem Boden näherten. Jon und Phil sahen in die sternenklare Nacht. Männer sprangen über die flache Friedhofsmauer, Männer mit Pistolen. Sie mussten aus dem Gebäude, bevor es in die Luft ging. „Gib mir Deckungsfeuer, Jon!", sagte Phil und preschte los, auf einen großen Grabstein zwanzig Schritt vor dem Mausoleum zu. Jon richtete die Automatikpistole auf die herannahenden Angreifer und feuerte, bis die Waffe leer und Phil in Deckung war. Die Männer unterbrachen ihr Vorankommen, gingen ihrerseits hinter Grabsteinen in Deckung.

Dann lief Jon selber los, während Phil seine vier Schuss nacheinander abgab, um die Feinde niederzuhalten. Etwas ratterte, jemand feuerte mit einer Maschinenpistole. Die Salve folgte Jon, während er schräg zu einem der Grabsteine sprintete und sich dahinter in Deckung warf. Er prallte mit der Schulter hart gegen den Marmor, blieb kurz liegen, um festzustellen, dass er nicht getroffen war.

Jon begann, nachzuladen, stellte fest, dass Anastasia und Elena ihnen gefolgt waren. Sulakshna zerrte gerade den Reliquienschrein durch die Tür. Einzelne Schüsse fielen, dann wieder das Rattern einer Schnellfeuerwaffe. Jon blickte über den Grabstein, hinter dem er Deckung genommen hatte. Einer der Männer, ein blonder Mann mit Anzug und Hut, hielt eine Pistole mit langem Magazin. Er sah Jon, zielte, feuerte.

Jon zog den Kopf ein, mehrere Kugeln schlugen in den Grabstein, schickten Steinsplitter in die Dunkelheit. Phil feuerte weiter links, das dumpfe Dröhnen seiner großkalibrigen Lancaster-Pistole ein Donner in der Nacht. Der Mann mit der Maschinenpistole fuhr herum, feuerte eine Salve auf den Engländer.

Die restlichen Angreifer hatten sich hinter den Grabsteinen verteilt, feuerten aus Pistolen. Kugeln schlugen um sie herum ein. Sulakshna war damit beschäftigt, den schweren Schrein die Treppe herunterzuzerren. Glücklicherweise ignorierten die Angreifer den unbewaffneten Inder – die Kugeln galten Jon und Phil.

Jon erhob sich, sah, dass der Mann einen Ladestreifen an die Waffe anlegte um nachzuladen, zielte, Feuerte, verfehlte, wollte erneut feuern, da traf ihn ein stechender Schmerz im linken Arm. Er war angeschossen. Von der Seite. Er blickte nach rechts. Anastasia, einen Gabstein weiter in Deckung, hatte ihren Derringer auf ihn gerichtet. „Der nächste geht in deinen Kopf Jon. Waffe runter." Jon blickte nach links. Phil hatte seine Lancaster bereits auf dem Boden fallengelassen – Elena stand hinter ihm, einen Arm um sein Kinn gelegt, in der anderen Hand ihr Broschenmesser, das direkt an Phils Halsschlagader anlag.

Ein dumpf bellender Knall hinter ihnen, das Splittern von Glas, eine Welle der Wärme umhüllte sie und die Nacht wurde in orange flackerndes Licht getaucht. Jon blickte herum – das Mausoleum brannte lichterloh, Flammen schlugen aus den geborstenen Fenstern im oberen Bereich und aus der Türe. Am Fuß der Treppe hockte Sulakshna neben dem geretteten Schrein voller Schätze, hatte es gerade noch aus der Feuersbrunst heraus geschafft. Jon sah Anastasia an, sah in ihren Augen, dass sie willens war, abzudrücken, sah das

Messer an Phils Hals. Er ließ die Pistole auf die Erde des Grabes vor sich fallen.

Doktor Jonathan Daniel Danger war ein Gefangener. Man hatte seinen Arm verbunden aber das war die einzige Freundlichkeit, die er erfahren hatte. Die Fahrt auf dem Lastwagen der Angreifer war lang gewesen. Fünf Stunden oder mehr hatten Jon und Phil gefesselt auf der harten Pritsche in der Kälte verbracht, durchgeschüttelt und geprellt, bis das Gefährt irgendwann in den frühen Morgenstunden sein Ziel erreichte. Es war eine Burg, riesig, altes Gemäuer. Der Lastwagen fuhr durch mehrere Torbögen und Höfe, bis er in einem Innenhof geparkt wurde.

Ihre Entführer zerrten Jon und Phil vom Lastwagen. Sulakshna, eben vom Führerhaus des Fahrzeugs heruntergeklettert, sah beschämt weg. Anastasia und Elena verschwanden eben einem Eingang des Gebäudekomplexes – sie waren in einem der beiden Automobile vorweg gefahren. Die Männer brachten Jon und Phil in einen Seiteneingang, dann zwei Treppen unter die Erde.

An den Wänden hingen Kerzenhalter, die allerdings nicht entzündet waren. Das Licht kam von elektrischen Lampen, welche die Wachen trugen. Man trennte die beiden Gefangenen und führten Jon in eine Zelle. Dort fesselten sie ihn an einen Stuhl, stellten ihn mit dem Rücken gegen eine Wand und verschwanden dann. Als die Tür ins Schloss fiel, wurde es in der Zelle stockfinster. Jon hörte, wie ein schwerer Riegel vorgeschoben wurde. Dann entfernten sich Schritte. Er war alleine. Versuchte, Phils Namen zu rufen. Die schwere Eichentür und die noch viel schwereren Steinmauern warfen seine Rufe zurück. Wenn es eine Antwort gab, bekam er diese nicht zu hören.

Er musste, auf dem Stuhl hängend, eingeschlafen sein: Jon schreckte hoch, als er hörte, dass jemand den Riegel der Tür beiseite schob. Die Tür öffnete sich, er sah den Schein einer Kerze. Es war Anastasia, die den Raum betrat, die Tür vorsichtig hinter sich schloss. Sie trug die Kerze in einem altertümlichen Leuchter bei sich. „Du bist nicht zufällig gekommen, um mich zu befreien, oder?"

„Tut mir leid, Jon." Ihre dunklen Augen waren im Kerzenlicht unergründlich. „Das kann ich nicht. Ich habe eine Abmachung mit der Gräfin, die vorsieht, dass du hier nicht mehr lebend herauskommst."

„Und du bist jetzt hier, um was zu tun? Deinen Sieg auszukosten? Was will die Gräfin von mir? Und was war dein Preis, Anastasia?"

„Jon." Anastasia stellte die Kerze auf einen Sims an der Mauer, schritt auf Jon zu, strich ihm mit der Hand über die Wange. „Die Gräfin hält dich für eine gefährliche Konkurrenz auf der Suche nach den Rätseln von Mu. Sie wird dich dazu bringen, ihr alles zu sagen, was du weißt. Sie wird dich zwingen, für sie die Tagebücher von Alois zu untersuchen. Zu verstehen. Und dann wird sie dich umbringen lassen." Sie ließ Jons Kinn los.

„Mein Preis? Jon, ich habe mein Leben schon der Rache gewidmet, als du noch ein Kind warst. Aber jetzt muss ich weiter denken, für mein eigen Fleisch und Blut sorgen. Das sitzt ziemlich genau über uns, vier Etagen höher, und liest gerade sicher spannende Lektüre. Die Gräfin hat keine Kinder, keine Erben. Elena wird wahre Unabhängigkeit kennen, wenn das alles hier einmal ihr gehört."

„Verstehe", sagte Jon nur.

„Und warum ich hier bin? Weil mir leid tut, dass es so enden muss, Jon. Weil ich tun musste, was ich getan habe. Ich hatte nie eine Wahl. Elena wird sie haben, ich hatte sie nicht.

Elena hat dich gewählt, damit hätte sie schon mehr Möglichkeiten, als ich in ihrem Alter hatte. Aber das alles ist nicht deine Schuld. Du bist nur der falsche Experte zur falschen Zeit am falschen Ort. Und deshalb möchte ich dir ein Abschiedsgeschenk machen."

Sie ging vor Jon in die Hocke. „Anastasia, ich bin jetzt wirklich nicht in Stimmung für..." Sie hatte ihre Lippen bereits um seinen Penis geschlossen, eine Hand an seinem Hoden, die andere an seinem Schaft, begann, ihn zu massieren und gleichzeitig mit der Zunge zu liebkosen. Sie war gut. Jon spürte, wie er in Momenten hart wurde, hörte auf, zu protestieren.

Anastasia nutzte die wachsende Oberfläche, mit der sie zu arbeiten hatte. Ihre Hand umfasste seinen Penis, sie ließ ihren Kopf gemeinsam mit ihrer Hand auf und ab fahren, ihre Zunge umschlängelte seine Eichel, die andere Hand weiter an seinen Hoden, spielerisch, nicht zu fest. Ihr Griff um seinen Penis wurde härter, ihr Rhythmus schneller. Jon rutschte ein wenig auf dem Stuhl hin und her, konnte sich aber kaum bewegen. Die Beine an die Stuhlbeine gebunden, die Hände auf dem Rücken gefesselt, war er ihr ausgeliefert.

Jon schloss die Augen, war kurz vor dem Höhepunkt, als sie plötzlich von ihm abließ. Im flackernden Kerzenlicht stand sie auf, während die Kälte sein feuchtes Glied wieder zu schrumpfen drohte. Er sah, dass sie aus ihrem Höschen stieg, ein Anblick, der ihn die Kälte vergessen ließ. Anastasia drehte sich um, reffte ihren Rock über ihre wohlgeformten Schenkel, bis ihr voller Hintern vor ihm lag. Jon hätte in diesem Moment seinen linken Arm dafür gegeben, mit dem Rechten danach greifen zu können. Aber er war zu gut gefesselt.

Anastasia setzte sich langsam in Jons schoß, griff seinen Penis, führte ihn in sich ein. Die Wärme war fantastisch, Anastasia selbst seufzte lustvoll. Dann begann sie, ihre Hüften langsam auf seinem Schoß kreisen zu lassen. Jon spürte ihr Inneres, spürte, wie sich die Lust in ihm aufbaute und zu einer Welle zu werden drohte. Er versuchte, sich abzulenken, länger durchzuhalten, aber es gelang ihm nicht, an etwas anderes zu denken, als das fantastische Hinterteil auf seinem Schoß, die pechschwarzen Haare vor seinem Gesicht, an denen noch der Geruch von Feuer und Rauch haftete. Diese wunderschöne, traurige, bösartige, clevere und gefährliche Frau.

Mit einem Grunzen explodierte Jon tief in ihr drin. Sie stöhnte auf, rieb ihre Hüften noch eine Weile weiter auf seinen. Dann stieg sie von ihm herunter. Sie hob ihr Höschen auf, wischte ihm den Penis damit sauber, knöpfte seine Hose zu. Dann griff sie sein Kinn und gab ihm einen tiefen, innigen Kuss.

„Es tut mir leid, Jon. Lebe wohl."

Sie blickte ihm noch einmal in die Augen, in denen Jon das Funkeln von Tränen zu erkennen glaubte. Dann nahm sie die Kerze und verließ die Zelle. Jon hörte den Riegel draußen, als Anastasia Oikonomou aus seinem Leben ging und ihn seinem Schicksal überließ.

Jon wusste, dass er hier raus musste. Er wackelte am Stuhl. Spürte er, dass die Verbindung zwischen dem vorderen und hinteren Beinpaar etwas locker war? Er wackelte erneut, legte sein Gewicht hinein, wäre beinahe umgekippt. Im Liegen würde er nicht die Hebelwirkung haben, die er brauchte. Er wackelte erneut mit dem Stuhl, der, wie er bei seiner Ankunft in der Zelle gesehen hatte, eine echte Antiquität war. Der

Spielraum im Holz wurde größer. Jon wackelte und wippte weiter. Unter ihm knackte es.

Es kostete noch einige Anstrengung, bis der Stuhl unter ihm zerbrach. Jon kippte in die Dunkelheit, schlug mit dem Kopf gegen die Wand, spürte, dass warmes Blut in seinem Haar herunterlief. Er ignorierte das Dröhnen seines Schädels, strampelte, stellte fest, dass er seine Beine losbekommen konnte, schob sich gegen die Wand und dann daran hoch. Mit einem Klötern fiel die Stuhllehne hinter ihm herunter und die Fesseln lösten sich.

Jon streckte die steifen Glieder, tastete sich zur Tür. Sie war weniger solide, als erwartet: Er spürte, dass sich Rost in das Holz gefressen hatte, wo das Metall der Angeln darauf traf. Der kühle Kerker war zu feucht. Jon warf sich prüfend dagegen. Noch einmal. Die Tür gab etwas nach. Spätestens jetzt hätten Wachen reagiert, wenn es welche gegeben hätte. Jon rammte die Tür erneut, spürte, dass sich die Beschläge vom Holz zu lösen begannen. Drei weitere Angriffe und die Tür sackte weit genug aus ihren Angeln, als dass der Riegel sie nicht mehr zu halten vermochte. Jon schob die ruinierte Tür einen Spalt weit auf, um sich hindurchzwängen zu können.

Die Kerze, mit der Anastasia seine Zelle betreten hatte, erhellte den Flur von einem Tisch aus. Sie war zu einem kurzen Stummel heruntergebrannt. Jon prüfte die Nebenzelle und fand Phil, den er aus tiefem Schlaf weckte.

„Jon, wir müssen hier verschwinden. Diese Leute sind völlig irre – und scheinen der Meinung zu sein, völlig außerhalb des Gesetzes zu stehen."

„Wir gehen nicht, ohne die Tagebücher, Phil."

„Spinnst du? Diese Burg ist riesig, die können überall sein."

„Ich glaube, ich habe da so eine Ahnung."

Sie schlichen durch die Burg. Laut einem Wappen in einer der Hallen hieß sie Warthorst. Ihre Sachen hatten sie in einem Regal am Ende des Kerkerganges gefunden – minus der Waffen. Draußen graute die Dämmerung, als sie den Raum erreichten, vier Etagen und ziemlich genau über den Zellen gelegen. Jon öffnete die Tür, betrat das Zimmer.

Es war ein großes Lesezimmer, Bücherregale an einem Teil der Wände, Wandteppiche am Rest. Licht kam von einem Kerzenständer mit acht Kerzen auf dem mächtigen Sekretär, der die Mitte des Raumes dominierte. Erstes Tageslicht fiel auch durch die hohen Fenster, deren schwere Vorhänge zur Seite gezogen waren. Neben dem Tisch standen ein großer, altertümlicher Globus, ein antikes Teleskop zur Sternenbeobachtung – und Elena Oikonomou, die aufgeschreckt und aufgestanden war, als Phil und Jon den Raum betraten.

„Jon? Mr. Wentworth? Was..?"
„Die Tagebücher, Elena." Jon sah das Mädchen an, mit dem er wenige Tage zuvor geschlafen hatte. Er hatte sie einen Mann töten sehen, hatte sie mit dem Messer an der Kehle seines besten Freundes gesehen.
„Ich könnte schreien", drohte sie.
„Das könntest du."
Er sah einen Wandel in ihrem Blick. „Na gut. Hier." Die Bände aus dem Reliquienschrein des Mechanischen Mausoleums lagen vor ihr auf dem Schreibtisch. Das Mädchen griff unter den Tisch, Jon und Phil machten sich beide sprungbereit, aber dann holte Elena nur Jons Rucksack hervor.

„Deiner, Jon. Dein Hut ist auch drin. Ich weiß nicht, ich wollte ihn wohl aufbewahren."

„Danke Elena", sagte Jon, ging zu ihr und nahm ihr seine Sachen ab.

„Weißt du, Mama meint es nicht böse mit dir. Es ist nichts persönliches."

„Das glaube ich dir sogar", sagte Jon, während er einige Klamotten aus dem Rucksack auf den Boden warf, um Platz für die Bücher zu schaffen.

„Es ist meine Schuld, dass du hier reingeraten bist. Ich fand dich halt süß. Aber du hättest uns nicht in den Zug folgen sollen."

„Deine Mutter hätte Jon nicht mit einer Waffe bedrohen sollen", warf Phil ein, der sich bei der Tür gehalten hatte, um Wache zu schieben. „Ich glaube, ihr seid quitt. Miss Oikonomou, können wir darauf bauen, dass Sie nicht loszetern, wenn wir den Raum verlassen? Ich fände es schändlich, Sie fesseln und knebeln zu müssen."

"Mama und die Gräfin verfassen gerade das Testament", sagte Elena. „Wenn die alte Dame nicht eines unnatürlichen Todes stirbt, gehört das alles hier mir. So wie ich das sehe, haben wir schon gewonnen. Was die Gräfin will ist mir doch egal. Ihr Problem."

„Braves Mädchen. Jon, gehen wir."

„Wartet!"

Die beiden Männer blickten Elena an. „Seht aus dem Fenster. Seht ihr den Hof da. Gleise. Diese Burg hat einen eigenen kleinen Bahnhof. Wurde wohl in den 80er Jahren für Renovierungsarbeiten angelegt. Der Schuppen dort. Da steht etwas, das eure Flucht erleichtern sollte. Versucht es gar nicht erst mit dem Auto, die Gatter sind runter, da kommt man nur zu Fuß durch. Und die Gräfin hat Bluthunde, ihr kommt nicht weit."

„Danke Elena."

„Jon, wir müssen weg, solange es noch nicht ganz hell ist."

„Jon." Elena sah ihn an. „Viel Glück. Schreib mir eine Karte, wenn du in Venedig bist."

Jon warf Elena noch einen letzten Blick zu, den sie mit einem undurchschaubaren Ausdruck in ihren dunkelbraunen Augen und leicht geröteten Wangen erwiderte. Dann schulterte er den Rucksack und folgte Phil.

Sie durchquerten einen Burghof, ohne von irgendwem aufgehalten zu werden. Offenbar schlief die ganze Burg noch. Das dachten sie zumindest, bis sie den Schuppen betraten. Sie betraten das Halbdunkel des großen Holzgebäudes, zu dessen Tor die Gleise führten. Darin stand ein Gefährt, das an eine Mischung aus Güterwaggon und Flugzeug erinnerte. Die Konstruktion hatte vorne und hinten große hölzerne Propeller, die an Flugzeugmotoren saßen. In der Mitte dazwischen war ein kleiner Aufbau mit Glasfenstern und Türen, vermutlich für eine Besatzung oder Fahrgäste gedacht.

Während Jon noch über die Konstruktion rätselte, hatte Phil sie bereits bestiegen und probehalber den hinteren Rotor angedreht. „Wie bei einem Flieger, Jon! Wenn das Ding Treibstoff hat, bringen wir es zum Laufen!"

„Hey!" Jemand rief von der Tür, durch die sie eben hereingekommen waren. Jon blickte hin. Es war der blonde Mann, der den Trupp auf dem Friedhof angeführt hatte. Er sah übernächtigt aus, seine Kleidung unordentlich. Aber er trug ein Schulterholster, aus dem er nun die Pistole mit dem verlängerten Magazin zückte, die er auch auf dem Friedhof geführt hatte.

„Deckung!", rief Jon, warf sich zu Boden, während Phil hinter dem Fahrzeug verschwand. Der Mann feuerte eine ratternde Salve in ihre Richtung ab. Kugeln schlugen um Jon im Führerhaus des Schienenfahrzeugs ein. Glas und Holz splitterten, dann war die Waffe offenbar leergeschossen.

„Phil, das Führerhaus!" Jon sprang auf, rannte zum hinteren Motor des Fahrzeugs, während Phil bereits von der anderen Seite durch eine Tür in die Kabine stieg.

Der Mann mit der Maschinenpistole fummelte einen Ladestreifen auf die Waffe, schob eine Reihe von Patronen durch den Mechanismus ins Magazin. Jon drehte den Motor an. Phil schaffte es offenbar drinnen, den Anlasser zu finden, denn der Motor begann zu stottern. Der Schütze lud einen zweiten Ladestreifen in seine Waffe.

Jon drehte wieder am Propeller, der Motor griff, die Maschine lief unter Dröhnen an. Kugeln schlugen um Jon herum ein, trafen den Motorblock, das Holz der Pritsche unter ihm. Der Wind, den der Propeller produzierte, war enorm. Der Mann mit der Maschinenpistole sah, dass sich das Schienenfahrzeug in dem Lokschuppen in Bewegung setzte, rannte los. Das Gefährt nahm an Fahrt auf, wurde auf den zwanzig Metern bis zum Tor schnell genug, als dass es dieses mit einem Krachen durchbrach. Jon wurde von hinten gegen das Führerhaus geschleudert, wäre fast in den Propeller gefallen, als er davon abprallte, hielt sich am Motor fest, schob sich wieder auf die Beine.

Der Pistolenschütze kam hinter ihnen im Tor zum Vorschein, warf ihnen Flüche hinterher, lud einen weiteren Ladestreifen in seine Pistole, feuerte erneut auf sie, war aber offenbar außer Reichweite. Das Fahrzeug dröhnte mit dem Lärm eines Flugzeugs durch die morgendliche Bergwelt, weg von der Burg, die gewaltig in der Flanke eines schneebedeckten Gipfels lag. Tannen peitschten vorbei, während Phil offenbar nicht vorhatte, langsamer zu werden, bevor sie nicht weit weg von der Gräfin und ihren Leuten waren.

Jon würde die Tagebücher studieren und die Schusswunde an seinem Arm auskurieren müssen. Dann würde er wissen, wohin die Reise ihn als nächstes brachte. Denn die Dinge, die der alte Aigner aus der Erde geholt hatte, konnten den Weg nach Mu weisen. Aber das ist eine andere Geschichte, nämlich:

Jon Danger und der Palast der Dogen.